男性本是漂泊心情

人間條件5

一編劇‧導演一 吳念真

一演出‧製作一 綠光劇團

目 錄

導演的話

我和你，奇妙的約定

二○一一年十二月底，《人間條件》第一集在自由廣場免費演出兩場。第一天下雨，氣溫十度，志工們發出去七千件雨衣。謝幕前當我走到側幕時，心裡想著：這樣的天氣，待會兒我看到的將會是零落的觀眾和一大堆沒人坐的塑膠椅子吧？

沒想到，當我走到舞台上時，看到的卻是一望無際的、穿著淡黃色薄雨衣的人群，整整齊齊地坐著，好像沒有人離去。

於是，當我開口說第一句話，說：「謝謝大家……」時，我聽見從擴音器傳來的自己的聲音是顫抖而且明顯地略帶哽咽。

第二天，天氣晴朗，氣溫八度，志工排出去一萬兩千個椅子。開演前二十分鐘，現場工作人員的無線電傳來「現場椅子不夠，請問有沒

有可能追加？」，記得紙風車基金會的執行長李永豐在後台說：「現在哪裡找椅子追加啊？這一次就算我們對不起人家吧！下回有機會再補。」

這是經常讓自己不由自主地熱淚盈眶的記憶，因為對我來說，這是何等的緣分和福分。

十年前一個無心的創作，從沒想過十年後它會成為一個系列，成為導演、演員和無數觀眾之間的一種奇妙的約定，好像時間一到，我們就會期待另一個故事出現，然後一起在劇場裡再度相聚。

演出即將開始，雖然經歷過長時間的排練，但我和所有演員以及前後台的工作人員依然忐忑不安，因為我們不知道這樣的一齣戲是否能符合你的期待。

如果說，《人間條件》一、二、三是以溫暖的感情為基礎，讓角色自然地帶著我走入場景，帶著我說出對白、走向結局的

話，我必須承認，從《人間條件四》開始，我開始嘗試著把自己的一些想法、感受「置入」在角色、場景和戲劇元素之中，雖然知道這樣的改變可能無法符合前面所說的——許多朋友對人間條件那種「笑中有淚」的期待。

但是，對創作者來說，重複容易，改變則需要一點勇氣（甚至付出代價），至於嘗試著誠實地面對自己，甚至把內心深處的疑惑或晦暗的念頭挖出示眾……我知道這絕對是一種冒險。

冒險需要信心，但我比誰都清楚，這樣的信心絕對不是來自自己，而是來自多年來對《人間條件》系列始終給予信任、始終不離不棄的你。

戲即將開演，請容我這樣請託：如果你還喜歡，請把掌聲賜給所有演員和前後台的工作人員，如果你不喜歡……所有責任請容我這個能力有限，但多年來卻一直享有意外福分的編劇、導演承擔。

人間條件 5

男性本是漂泊心情

原著劇本 ──────────────

演出人員

柯一正　飾　廖清輝

林美秀　飾　美枝、君蕙、愛慈

羅北安　飾　羅大德

李永豐　飾　李進財

陳希聖　飾　陳國興

范瑞君　飾　Jennet

第一場

燈亮之前已經有電視颱風消息報導的聲音，我們所熟悉的那種有點歇斯底里的腔調，以及吸塵器的聲音，燈慢慢亮，我們看到羅大德坐在沙發上，手上拿著報紙，望向電視。

美枝：（OS）羅處長啊，都幾歲的人了，連尿尿都尿不準，每次都要尿幾滴到馬桶外才高興……你以為你是狗狗在占地盤啊？

大德：（近乎自言自語）那是我胖，肚子擋住，看不見，對不準，可以嗎？

美枝：（從畫外音開始，吸著地出來）廁所的磁磚早晚會長香菇啦，我跟你說……連放尿都放不準，莫怪最大才做到處長……（美枝出來，看著發呆的大德）你是在看電視，還是在給電視看？這個新聞從昨天晚上播到現在都一樣，我就不知道有什麼好看的，還開那麼大聲，你臭耳聾哦？（從他手上拿起報紙，瞄了一眼日

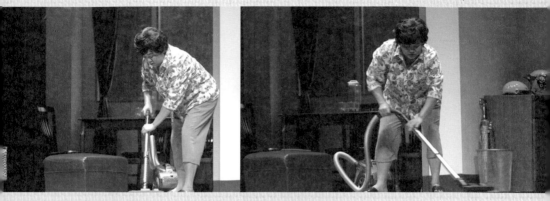

期）人家送報紙的不怕風狂雨大，啊有人是放颱風
假，在家蹺腳看報紙，真正是一人一款命。

大德：（喃喃自語）外頭哪有風狂雨大？外頭風平浪靜，只
有我們家在暴風圈內。

美枝：你實在是人大塊，神經也跟著大條呢，我是故意在講
給你聽的啦！……一天到晚跟佛公同款坐在這，等人
燒香等人拜，看我從起床忙到現在，也不會出個腳手
幫忙一下。……日本人說退休的男人像一個巨大的家
具，我看一點也不像，家具起碼還有一點價值一點用
處……啊你像什麼你知道嗎？你就像巨大的標本，有
體無魂，歹看擱陣位！你的象腿不會抬起來一下啊？

大德：（忽然拿遙控器把電視關掉）你不能安靜一點嗎？

美枝：神經病，電視是你自己要開自己要看，還跟它生氣？

大德：我說的是你，你能不能不要一大早就這麼吵？

美枝：我吵？（把吸塵器關掉）這樣安靜了吧？你有沒有高

興一點？你以為我喜歡七早八早就這麼吵哦？好啊，

賣做啊，（一邊走過來坐在沙發上）大家都來好命，

讓這間厝變豬窩！（把茶几上吃剩的零食包拿起來，

撿東西吃）

大德：我說的不是……（放棄解釋）孩子呢？

美枝：你問我，我問誰？孩子是我跟別人生的哦？（又打開

　　　吸塵器）平常都叫不起來了，何況是放假……這兩個

　　　哦，好的不傳，歹的不斷，跟你一樣，一出門就不知

　　　返，一入門只會吃便領清……我好像前輩子欠你們

　　　的。

大德：（無奈地看看老婆之後，大聲喊）老大，老二！

女兒：幹嘛啦？你們不要一大早就這麼吵好不好？

大德和美枝同時指向彼此：聽到沒有？

　　　（女兒坐在沙發上打開電視，聲音響起）

　　　（兒子出，也坐下來，拿報紙翻）

美枝：（邊吸地邊說）起來了哦？天要下紅雨囉，還沒中午

　　　呢！流理台上面有包子，肚子餓自己去微一微，冰箱

　　　裡有我自己做的有機豆漿通配，啊哪吃完喝完給我拜

　　　託一下，筷子杯子順便洗一洗，OK？（兩個孩子一點

　　　反應也沒有）喂，沒人給我應一聲哦？跟你們講話，

　　　就跟咧在問神明咧！

　　　（大德走過來，拿過女兒手上的遙控器，關掉電視，

　　女兒詫異地看著忽然嚴肅起來的爸爸）

女兒：你幹嘛啊？

　　（美枝抬頭看，大德接著走向她，把吸塵器關掉，兒
　　子抬起頭，詫異地看著爸爸）

美枝：你幹嘛？我事情還沒做完呢！

大德：我「拜託」你安靜一下，只要一下下可以嗎？可以
　　嗎？

美枝：（也覺得詫異，喃喃地）你今天是在看到鬼？（走向
　　沙發，罵兒子）坐過去一點啦！坐沒坐相，跟你爸爸
　　一個樣。（朝大德）好了，現在都安靜了，啊你要幹
　　嘛？要開會哦？我們要不要先唱國歌？

大德：（語氣轉低沉）我們一家了四口，可是要讀到齊，好

像還挺難的⋯⋯好不容易有個意外的颱風假,才讓四個人同時都在家,所以,我有個重要的事想告訴大家⋯⋯

兒子:最近有選舉嗎?

大德:(稍大聲)跟選舉無關!

兒子:對不起啦,因為從來只有選舉前一天,你才會這麼嚴肅找我們講話。

女兒:啊爸爸講半天,你還不是故意投相反的!

　　　(大德壓抑著什麼,看著他們)

美枝:你不要在那兒弄狗相咬,你快給他講一講,我代誌還歸厝間!

大德:幾個禮拜前,我去參加了一個葬禮。一個高中同學,六十六歲,肝癌,從發病到過世才半年。他⋯⋯不是什麼富商也不是什麼達官貴人,但做人很好,所以朋友同學來了不少⋯⋯不過,大多數的人,公祭完就走了,只有我⋯⋯一直等到看完他的遺容才離開⋯⋯為什麼會這樣做,我也想不透,也許是心裡頭對這個人特別憐惜吧,台語說起來好像更準確,m甘。這個人⋯⋯父親很早就不在了,念高中的時候,每天一大早就要跟媽媽去菜園摘菜,然後把菜送到菜市場之後才來上課,所以他的制服永遠是濕的,不是露水就是汗⋯⋯當然也有泥巴。禮拜六、禮拜天我們打籃球、看

電影，他從來沒有參加，因為要整地、種菜，可是很
奇怪，他的成績還是很好……如果他跟我們一樣都去
考大學的話，一定考上比我們好的學校，但是他放棄
了……我記得畢業典禮那天，他很認真地跟我們說：
你們替我多念一點，以後我有不懂的，就可以請教你
們……

美枝：（忽然看到什麼，站起來，伸手打蚊子）你們誰又把
　　　後陽台的紗窗打開了？蚊子都飛飛入來啦！（站起來
　　　欲出去）

大德：你不要動，蚊子咬不會死人的！請聽我把話講完，我
　　　和那個死去的朋友此刻都需要一點點尊重，好嗎？你
　　　們也一樣（指著子女）不要一直低頭看手機，我就不
　　　信漏看一條訊息這個世界就會毀滅，就會停止運轉！

兒子：（委屈地）我不知道你會講多久……我是在跟朋友延
　　　見面的時間……

女兒：我也是……

美枝：（小聲跟孩子說）踮踮啦，你們沒看他生氣了哦？
　　　（轉頭向大德）啊你嘛講重點，從高中講到六十幾
　　　歲，真的會講很久ㄟ……

大德：重點……也對，講重點……這個人一輩子不但命不
　　　好，機運也差，當完兵開鐵工廠，事業才剛起步，工
　　　廠火災，燒死了兩個學徒……他不但被抓去關，該賠

償人家的錢，他沒第二句話，一肩扛。他不但扛自己，連底下弟弟妹妹雜七雜八的事也一起扛。問他幹嘛這麼累，他每次都笑瞇瞇地說：啊，責任嘛！他比我還晚婚⋯⋯四十幾才娶太太⋯⋯結婚的時候，我去了⋯⋯

美枝：我怎麼沒印象？

大德：你沒去，那時候他開了一家噴漆工廠在彰化，你說太遠了，會暈車！那時候我真的替他高興，覺得至少他跟我們都一樣了，人生走到一個階段，有了一個落點⋯⋯沒想到幾年後，他的客戶都移到大陸，他也只好跟著走。誰知道有一天，他竟然接到才念國中、國小的孩子的電話，說媽媽跑了，不見了⋯⋯他能怎麼辦？工廠賣一賣，回來扛孩子，更好笑的是，跑掉的太太回來跟他要錢，他也給，一樣笑瞇瞇地跟我們說：情分嘛，至少她還替我生養了兩個孩子。

美枝：你現在應該知道了哦，有我這樣的太太，你多麼幸福。（打了一下天空，看看手掌）打到你了喔！（兒子輕輕推她一下，要她注意爸爸）

大德：（情緒慢慢起來）這樣的人⋯⋯勞苦了一輩子，孩子們好不容易拉拔到大學畢業，各自獨立，才剛卸下擔子，就走了⋯⋯就這樣走了。那天在告別式裡，我一直在想，這樣的一生⋯⋯這個人最後給自己的結論會

是什麼？後來……後來看了他的遺容之後……我就懂
了。他安靜地躺在那兒……那麼瘦小，一頭白髮，一
臉皺紋，法令很深很深，像用刀子刻出來的一般……
嘴角往下拉……鼻孔外張，那表情就像他隨時都會哭
出來，哭出聲音來的那種。那時候，我才知道，原來
這個人……這輩子讓別人看到的笑容……都是裝的。

美枝：（也被感動了）好淒涼……

大德：我也覺得……因為我好像看到自己，不久之後的自己。

美枝：哪像啊？你這麼大一隻。

大德：（從哀傷的情緒裡拉出）老大，你去拿一支筆，一張
　　　紙來……筆粗一點，紙大張一點的。

美枝：你幹嘛？

大德：有些事，得讓你們明白。

美枝：喂，你可不要跟我說你要預立遺囑什麼的哦……（大德沉默，美枝望向女兒，女兒做了一個我哪知道的手勢，繼續看手機，兒子拿東西出來）

兒子：這張可以吧？

美枝：你什麼紙不拿拿麻將紙，這要花錢買呢！

大德：可以啦，錢，身外之物了。

美枝：講到這麼大扮……歸傢伙仔，好像只有我一個人在打算！

大德：老二，幫哥哥拉著！老二！（女兒這才驚醒似地，放下手機過來幫忙，大德在上頭畫了一個大圓圈，然後畫兩個十字分成八等分）

美枝：這什麼？

女兒：Pizza啦！

大德：什麼Pizza，這是我的人生……假設我可以活到八十

　　　歲，當然這要運氣好加上健保還沒倒的話。而，我今
　　　年六十六了……（把六格又一半畫黑）所以……我只
　　　剩下這一小部分，睡覺的時候什麼事都不能做，再扣
　　　掉三分之一……（又畫掉）

女兒：如果這樣的話，還可以扣掉打麻將和看政論節目的時
　　　間。

大德：算你狠，不過，也很實際。（又畫掉一小部分）然
　　　後，這就是我目前所剩下的可憐又微薄的人生……

美枝：（恍然大悟）真的剩下不多呢。

大德：是真的不多，轉眼就到盡頭了。最近我很認真、很誠
　　　實地回顧了我這一生……發現，雖然不像我那個同學
　　　那麼蒼涼，但，從某種角度來看，其實也很像……他
　　　是承擔責任，我是聽命於人……念書的時候，聽父
　　　母、聽老師的，工作後聽上司、聽長官的，有了家庭
　　　之後……（抬頭看看大家）被生活押著走……好像從
　　　來沒有一點點空間，一點點權利和餘力去想、去問自

己真正的需求，真正的快樂是什麼！而且，生命已經
到了黃昏的此刻，環顧左右，才發現……我根本一無
所有！你現在所看到的一切，就是我一生的結果……
而這間房子和銀行的帳戶，還都是你的名字……好像
不用等到最後，我已經可以結論我這一生了，我只不
過是一個長工，一個已經臃腫、無力的長工！

美枝：你這樣講不公平哦？你是長工，那意思是我是專門吃
你血汗的頭家娘？我還替你生了兩個小孩，那我們兩
個是什麼關係？通姦哦？通姦一輩子哦？

（兒子女兒不約而同地鬆手讓紙落下，兒子安撫媽媽）

兒子：爸，所以呢？

大德：我只是想在這所剩不多的生命裡，可以自由，可以離開
……這裡，過自己的生活，無牽無掛地去尋找一點自己
存在的價值。

女兒：爸，你是不是有外遇了？

美枝：一定是！

大德：為什麼跟這麼親近的人……說一個老人家心裡一點小小
的願望，就馬上要被附加上一個莫須有的罪名？這也太
可怕了吧？而且……你什麼時候又對我這麼有信心了？
你覺得……有誰會對一個「歹看又陣位」的標本有興
趣？

美枝：不然你怎麼會想要拋棄我們？

大德：如果我還有能力、有資格拋棄誰、拋棄什麼，說不定，
我就還看得到自己的價值……

美枝：你不要一直講價值，我這一生跟著你，難道沒有勞苦、
沒有犧牲、沒有壓力？我就活得很有價值，很有自己
哦？

大德：所以，你也可以在生命僅存的時光裡，好好地試著找找
看……

美枝：我才沒像你這麼自私，這麼絕情絕義！

兒子：如果這樣……那我們呢？我們是跟媽媽還是跟你？

大德：你們什麼時候站在我這邊過？包括現在？（兒子想覺過

來，看媽媽，猶豫）我只想自己一個人……什麼都不帶走，包括房子、存款什麼的。

女兒：那你要靠什麼生活？

美枝：我之前就懷疑過，他外面一定有我們不知道的財產和存款！

大德：天啊……我還不知道我們竟然真的是這樣在過日子，一個好像老是活在被迫害的妄想中，而另一個卻不知道自己一直是活在莫須有的罪名下……

女兒：（走向哥哥，小聲地）媽的，我說我們家好像正在破碎中，竟然有三十幾個人給我按讚！

兒子：我可不可以問你們一個問題？你們兩個到底多久沒做愛？

美枝：你問這是啥？你沒見沒笑，你問這是啥？

兒子：還是，你們之間根本早就沒有愛了？因為聽起來你們兩個怎麼好像都在互相忍耐？

美枝：你問他啊，是他說不要我們的！

大德：兒子問得很嚴肅，所以，我也應該很嚴肅地回答他。都要到一個年紀之後，我才清楚，當初會和你結婚，是心存感激。那時候，你明知道我被王君蕙甩了，不嫌棄我這個被人看衰的二手貨，還肯接近我、安慰我，陪我去看電影，去公園被蚊子叮，甚至還帶我去你家吃拜拜……你爸媽，你所有親戚都那麼熱情，那

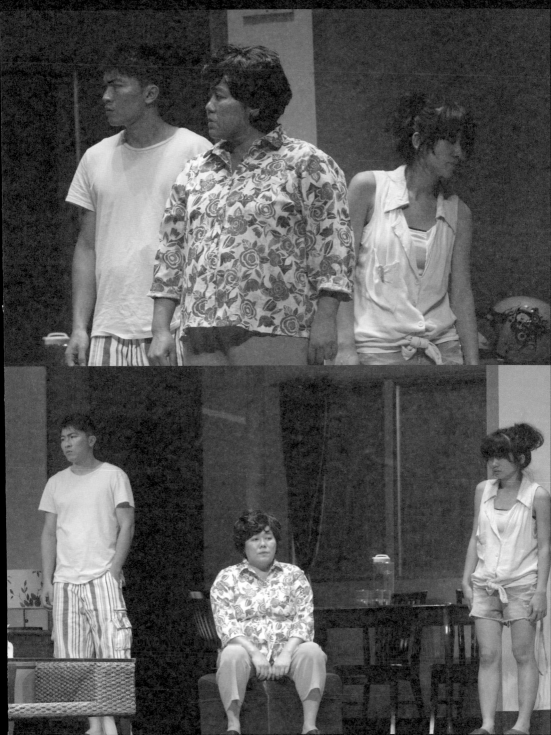

麼以禮相待……

美枝：那是我傻，是眼睛去糊到屎……還
　　　有我媽媽太迷信，說什麼外省人比
　　　較疼太太！

大德：結婚之後，孩子出生……從感激變
　　　成欣喜，然後是責任……日子一天
　　　一天過，婚姻和生活……慢慢成了
　　　一種習慣、一種道義。如果，比較
　　　起和王君蕙在一起的時候，那種心
　　　靈上的感受，我必須承認，在她之
　　　後，我好像從來沒有過。

兒子：（喃喃地）出代誌了，出代誌了！

美枝：（站起來，暴怒，從小聲到大聲）
　　　你出去！你出去！你現在就給我出
　　　去！

燈暗。
燈慢慢亮。
羅大德站在已經暗掉的羅家之
外，拖著一個大行李箱，看著
裡頭，然後慢慢走過舞台。
燈暗。

酒廊

他跟太太說：我要自由！
存款誠可貴，房子價更高，若為自由故，兩者皆可拋！

燈亮的時候，有人已經在唱〈男性本是漂泊心情〉，有個女的幫
他打拍子，歌曲從前一場已經延伸過來（希望是錄音對嘴，需要
有一點感情）。李董正在跟媽媽桑Jennet嚕，其他女生已經都落
坐在各人旁邊。

李董：OK！OK！Let me ask you last time，you just
　　　answer me yes or no？啊不要給我說廢話，請問，
　　　是我們翁仔飄比人卡小張，或是阮面子不夠看？（叫
　　　大家）來來排給她看！（一票男人真的就把臉湊成一
　　　排）啊啊，yes or no？

Jennet：不要這樣啦，李董！

李董：You give me shut up，just answer me：yes or no！

Jennet：NO。

李董：（把其他人的臉推走）啊若no，請問，阮來歸脯啊，
　　　啊妹妹才來這幾個，啊擱攏給我傳這種聾啞人士是啥
　　　意思？

女A：（正在唱歌的男人旁敲鈴鼓的）李董，我不是哦！

李董：我當然知道你不是啊，親愛的，你在床上好大聲哦，
　　　（又問Jennet）啊，什麼意思？

Jennet：李董不是交代過，今天有特別的客人要來，所以妹妹
　　　要我特別選過，要年輕、貌美、清純，要像鄰家女
　　　孩，而且，最重要的是，不要多話的，這些我跟你保

證都是百中選一的……

李董：（指敲鈴鼓的）啊她像鄰家女孩哦，她根本就是鄰家女孩伊阿母，OK？

女A：李董！

李董：好啦好啦，別ㄋㄞ啦，算我多情罔忍耐啦！

Jennet：（走向羅大德）這位董事長沒見過……他就是李董特別的客人嗎？

李董：他是特別的客人之一，不要叫什麼董事長啦，好俗氣，來這裡，沒人在比職位高低，只在比家司大支啦，叫哥哥，羅哥哥！（朝眾女人）預備——起！（女人喊：羅哥哥）對嘛，這樣我才知道你們不是聾啞人士！（跟Jennet）我跟你說哦，今天你可以在這

裡見到這個人，是你的福氣，因為根本就像你去玩到一個處男！他是本人的初中同學，綽號叫羅神父，為什麼你知道嗎？他一輩子奉公守法，初中三年全勤，三年統統全班第一名，而且，初中三年，我沒聽過他講過一句髒話（女A：怎麼可能？）哭爸啊，你踹踹啦！今天呢，是他人生第一次走進這種不良場所！（朝所有女人）卡熱情，卡熱情咧，鼓掌鼓掌！

Jennet：（遞名片給羅）致敬致敬！

明澤：其實要致敬不只是這個，而是這位羅先生是我認識的男人中最帶種的一個，因為他做了許多男人只敢想卻不敢做的事，他跟太太說：我要自由！存款誠可貴，房子價更高，若為自由故，兩者皆可拋！（要大家舉杯）

大德：（舉杯）沒那麼壯烈，沒那麼壯烈。

李董：唯一有個小小的缺憾啦，就是個性太老實，講錯一句話，結果呢，從壯烈的投奔自由變成被驅逐出境！

Jennet：這我倒有點好奇了……

李董：他竟然老實到跟老婆承認說，跟她結婚是感激，而且（誇張的表演）：如果比較起和當年的情人在一起時的那種心靈感受，我承認，我好像沒有愛過你！

大德：沒這麼誇張，真的沒這麼誇張！

李董：對了對了！（鼓掌要大家聽他的）attention、attention please，等下另一位客人來的時候，請配合一下，這個人一進來大家都知道他是誰，因為你們絕對都在電視新聞上看過他，但是，無論如何，你們都給我假裝不認識，聽到沒有！卡熱情咧啦，聽到沒有？（女人喊：聽到！）

　　（國興進來，Jennet迎過去，說：太太還好嗎？陳董說：不錯，好多了！）

李董：哭爸啊，你哪現在才來？

國興：我前天才從大陸返來，這邊公司太多代誌要處理，啊是誰要來哦？我哪聽到你叫大家要假裝不認識？

李董：廖清輝啦。

國興：廖次長哦？

李董：你認識他？

國興：識到有剩，他在省政府的時候我就相識了……那傢
　　　伙，餓鬼假小利，貪吃又驚死，不太好鬥陣……

李董：當今紅人嘛……卡忍耐交陪一下，（指向羅大德）伊
　　　是我國中同學的高中同學，聽說在省政府嘛同事過！
　　　啊前一陣子去參加一個國中同學的告別式熟識的……
　　　（李董帶國興過去和大德認識，其他人跟他好像都
　　　熟。）
　　　（一個類似隨扈的人開門，所有人看過去，女生本能
　　　地站起來，李董急忙要大家坐下，廖清輝進來，有點
　　　猶豫地看看大家。）

李董：（走向隨扈）安啦安啦，人交代給我們就好，阮一定
　　　給照顧到足舒適（隨扈在廖的示意下離開，李董招呼
　　　清輝）放輕鬆啦，這是朋友的招待所，足單純的……
　　　不信你看覓咧，請問，大家認不認識他？（清輝阻
　　　止，眾女生皆說：不認識！）水啦！

清輝：（看到羅大德走過去）大德！你也在啊。

李董：當然他要在啊，咱今天是為了揮別朋友離去的悲傷所
　　　辦的歡樂聚會啊！

清輝：那天在告別式中，忘了聽誰說　　你退了？

41

大德：能力不足，尸位素餐，總不好擋人家的路！

清輝：現在呢？需不需要我幫忙在民間找個位子？你的經驗
　　　總不能不傳承啊？

李董：我就是這樣覺得啊，所以現在暫時在我公司，我請伊
　　　做我的首席顧問！

清輝：嗯，很好，很好，你有眼光。

大德：不，不，是老同學同情我目前無家可歸、三餐不繼，
　　　好意收留！

李董：啊你講這，幹！好了啦，不要在這兒講這些官話！
　　　（轉身介紹國興）這個聽說你們之前有熟識……

清輝：（猶豫一下）歹勢……我見過的人實在太多……

國興：（遞名片）我了解我了解，請指教！

李董：這個你一定要相識！這個是我所有朋友裡面最福氣的
　　　人！咱所有男人攏在做長工，只有他，娶到頭家的查
　　　某子，真正是娶對某，減咧二十年艱苦！

國興：你的意思不就說我攏沒打拚、沒才調，攏別人蒂蔭的
　　　就對啊啦？

李董：哭爸啊，我還沒講完啦。伊頭家以前只做日本人的生
　　　意，現在，他不但日本，事業淤到大陸到東南亞，所
　　　以……注意，這是重點，所以，四界有厝、有某，歡
　　　喜的時陣，四界行，四界巡田水，不過……只有台灣
　　　這區田，常常攏放在荒……

清輝：所以我常常怨嘆，我這世人最不對的代誌就是做公務
　　　員，有責任、沒利益！

國興：別這樣講，咱沒差啦，只是我的利益要扣稅，啊你們
　　　的利益別人看卡不到。

清輝：你愛說笑，愛說笑。（尷尬地舉杯時，電話響，掏電
　　　話，一看電話號碼，緊張地說）歹勢，歹勢，院長的
　　　電話！

李董：（馬上大叫）安靜！安靜！院長的電話！伊老闆的電
　　　話！
　　　（現場馬上安靜，所有人敬酒什麼的都有點卡通起來）

清輝：喂。（女人的聲音：你還沒回家啊？我打家裡，說你還沒回家！）是，是！（是是……哼……你在哪裡？）啊，對不起，我在一個……喝茶的地方，參加一個同學會……

李董：同學會？情境，情境！同學會！（眾人開始製造同學會聲音，把女人當太太介紹。）

清輝：是是……我忘了交代秘書。（同學會……是嗎？有誰啊？）你不一定認識，但我會替你跟他們致意！（你有聯絡的同學也沒幾個，總有我認識的吧？）啊，有一個老同學老同事，羅大德……說不定你認識。（羅大德，那個老實人啊，幫我跟他問好。）是是。（沒事。我只想知道你在哪就好。掛電話之後的雜聲。）那件事……其實一直卡在交通部。（停一下）那……可能是交通部沒跟院長報告……（停）是，（停）那不然這樣，院長，我院會的時候，跟院長做個專案報告！（停）是是，晚安晚安，再見。（所有人都吐了

　　　　一口氣，清輝跟大德說）院長竟然說他記得你。（舉
　　　　杯向大德）

李董：ㄟ，現在真正是官不聊生呢，這麼晚了，你們這些做
　　　　官的還這麼操哦？

清輝：沒啦，沒啦，這嘛是愛看是什麼人、坐什麼位啦。

明澤：是啦，是講你們攏這麼無閒，不過經濟還擱這麼歹，
　　　　可見，效率啊是有一點問題啦哦？

李董：幹你娘，你是會不會講話？

明澤：歹勢歹勢，我講不對，我乾我乾！（喝完，正經地說）
　　　　不是效率，不是效率，是才能！（李董正要發飆，大
　　　　德電話響，李董要大家安靜，演默劇的感覺。）

大德：喂。（是大德嗎？我是君蕙，記得嗎？王君蕙）（大
　　　　德有點不知所措）當然記得，你怎麼會想到打電話給
　　　　我？（很意外吧？我有急事找廖清輝，他電話好像沒
　　　　電了，秘書說，他開同學會，我想你會在場，如果
　　　　在，能麻煩你把電話拿給他聽嗎？）（大德情緒有點

變）是是，廖夫人，這是我的榮
幸！（把電話給廖清輝）你太太
找你，說……你電話沒電了！

（清輝以及所有人都有點詫
異，Jennet機警地起鬨說：老同
學們，我們一起問候廖夫人，
大家亂叫：夫人好！）

清輝：Hello，親愛的。（少噁心了，
你什麼時候這樣叫過我？我只
是確認一下你是不是在騙我。
不早了，也該回去了吧。掛電
話）有，你不用擔心，把孩子
照顧好就好（停一下）聖地牙
哥現在幾點？我老是忘記。有
啊，健康檢查的報告前幾天才
拿到。（停）沒事，都很好，
說降膽固醇的藥只要繼續吃就
好。（停）OK，OK，Bye！

（清輝把電話拿給大德，兩人
都很尷尬。）

Jennet：你們夫妻好恩愛哦……好羨
慕！從來就沒有人會叫我一聲

49

親愛的！

李董和其他男人：親愛的！

李董：安怎？這樣有爽到嗎？

Jennet：我還是覺得廖大哥叫起來比較有感情！

李董：你好現實哦！

（Jennet跟廖清輝敬酒）

李董：喂，同學，這款年紀……你還做健康檢查哦？

清輝：這款年紀不才要做。

李董：我跟你不一樣，到這款年紀，最好不知好了了，林北
攏沒煩惱什麼血壓、血糖、膽固醇，林北只煩惱菸酒
入嘴沒味，遇到水查某沒氣……所以，我只吃一種藥
……（指著國興跟清輝說）這個從中國給我一種秘
方，真正讚！他們那些少年的，攏瞎掰說，一夜七次
郎，這帖一咧吃，（指向女A）你問伊，林北一夜一
次……直到天明！

明澤等：你是在做工哦！

（國興電話響）

李董：哭爸，賣擱有電話啊啦！

國興：歹勢歹勢！（接電話）喂……我……在行政院開會。
（李董大叫：開會，開會，所有人開始演）最近可能
經濟的形勢不好的款，經濟部叫工商界的人鬥陣給他
們一些意見……結束了我就沒代誌啊，好，你先休息

……你有想吃什麼消夜嗎？好，再見。

李董：幹，我好累哦！（跟小姐們說）聽說演藝界頭家常常
　　　有人來，你們跟他們講，如果需要臨時演員，我絕對
　　　是絕佳人選！

國興：歹勢……我可能要先走，太太在醫院，我前天回來，
　　　才去過一遍……

李董：哭夭啊，今晚完全沒 fu 嘛，沒 tempo 嘛……來來來，
　　　喝喝喝……喝茫才走，沒茫是要安怎睡得去？喝喝，
　　　喂，卡熱情咧啦。

燈漸暗。

燈漸亮。

現場只剩李董和大德。兩人都已經醉了、睡了。

兩個酒女正有一搭沒一搭地按摩。

女 B：我們要弄多久啊？這兩個都不必回家啊？

女 A：你沒聽說啊，你那個不是已經被驅逐出境了。

女 B：啊他呢？

女 A：聽說結婚三次離婚三次……後來就不結了，說要喝牛
　　　奶外面買就好，幹嘛養一隻牛在家添麻煩。

女 B：我覺得男人都好幼稚……好爛。

女 A：怎麼說？

女 B：都是大老闆……講話還那麼無聊，騙人還都不臉紅，
　　　好賤。

女 A：你男朋友不是也常常騙你，你還不是愛得要死。

女 B：那是因為……好吧，我賤。（停一下）他……等下會
　　　帶你出去嗎？

女 A：不一定，幹嘛問？

女 B：他……真的一夜一次，直到天明啊？

女 A：真的啊。

女 B：那你不是會很累？

女 A：哪會！現在幾點？

女 B：兩點多。

女 A：買完單出門大約三點，進飯店，等他醒，四點多，他
　　　習慣叫東西吃，吃完五點，然後我洗澡、他洗澡，上
　　　床，天亮了，他沒說錯，直到天明！

　　　（Jennet 進來，看到她們笑）

Jennet：笑哦，我要是你們也會笑，這種好客人。

女B：要不要叫他們起來啊？

Jennet：他們照睡，錢照算，你傻屄啊你。

女A：阿姐，晚上我看你不太一樣……好像對誰起壞心哦？

Jennet：你囉唆。

女B：我猜是太太生病的那個。

Jennet：是哦，你好聰明哦！

女B：是不是嘛？

Jennet：幹嘛跟你們說？讓你們來搶？

燈暗。

第三場

暗暗的，安靜的病房，床上躺著愛慈。病房門開，陳董進來。他看了看床上的妻子，動作放緩，關上門。想走過去，猶豫一下，走回來，慢慢坐在椅子上，往椅背靠，打呵欠，疲憊的樣子。床上的愛慈有了動作，慢慢撐了起來。

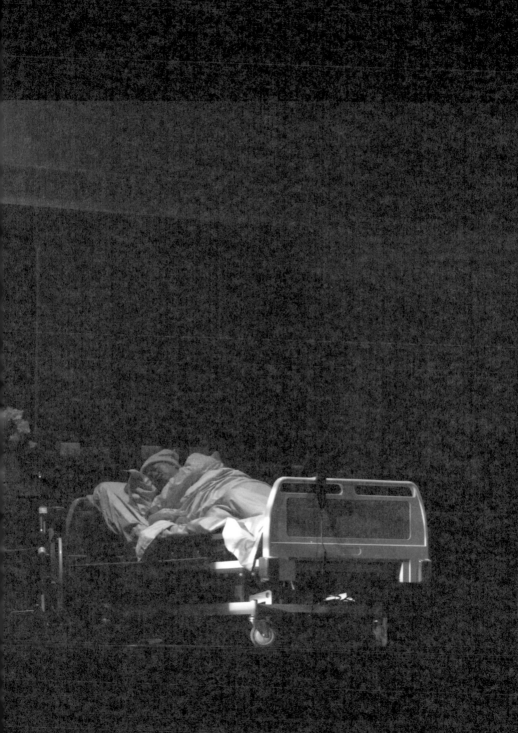

燈亮時，清輝和Jennet坐在餐廳裡，音樂柔柔地從上一場延續下來，清輝一直看著Jennet。

Jennet：不要這樣看我……我很怕人家看到白天裡的我，尤其是你還特別交代不要化妝。

清輝：我喜歡這樣的你。

Jennet：什麼樣子的我？

清輝：某些特別的人生經歷，好像在你的臉上淺淺地堆疊著，美麗，於是就有了厚度。

Jennet：當官的講話，好像都準備以後要變成學生的課文，都要加上好多解釋才懂。你不如乾脆說我已經老了就好？

清輝：我怎麼會說你老？跟我的年紀相較之下，在我眼裡或心裡，你永遠是個少女。

（服務生敲門）

清輝：請進。

（服務生端咖啡進來，並擺上桌）

Jennet：（自在地轉換話題）部裡所提出的這個法案，老實
　　　　說，很有突破性和前瞻性，但是……次長有把握讓立
　　　　法院接受嗎？

清輝：這個……我倒不一定有把握，不過，我們會盡量溝
　　　通，只要對百姓是好的，我想他們並沒有反對的理由
　　　……

服務生：請慢用。（服務生離開）

清輝：不是我讚美你，你真的好自在，這種自在是需要歷練
　　　的……

Jennet：歷練過很多次了啊，每次……發生同樣的狀況，我不
　　　　都是扮演同樣的角色，講同樣的話？

清輝：好像也是。所以你會有壓力嗎？

Jennet：你的意思是？

清輝：跟我約會……你會怕嗎？

Jennet：你都不怕了，我怕什麼？（低頭裝害羞）愛……會讓
　　　　人勇敢。

清輝：（暗爽）你……愛我什麼？

Jennet：（端起咖啡杯，欲喝不喝地）你……那麼含蓄的慾
望。某些部分，你就像一個孩子，鄉下的孩子，第一
次進玩具反斗城，那麼好奇、興奮、貪婪……你讓我
有一種奇怪的憐惜，覺得你被虧待了，虧待太久了！
（隔了一會兒）你呢，如果你是真的愛我的話，你又
愛我什麼？

清輝：你那麼慷慨的補償……某些部分，你就像一個媽媽，
我心裡所想像的媽媽，以前媽媽帶我去玩具店，都跟
我說，喜歡嗎？那這學期如果第一名，我就給你買一
個。你不一樣，你說……喜歡嗎？喜歡的……你都可
以拿。

Jennet：你值得啊……因為在我心裡頭，你一直都是第一名的
男孩。

清輝：你知道，我孩子的媽媽，從美國回來了。

Jennet：所以……這段時間我們不能在一起了？

清輝：不……我都不知道為什麼，她一回來，我反而更想跟
你在一起，而且就在我的家裡。那種慾望和想像，連
白天開會的時候都會不由自主地出現。

Jennet：你好調皮……每次在你家裡，你都好像要把我撕掉一
樣……

（清輝看著她，然後拿出電話打）

清輝：喂……你在家嗎？我有一件緊急的公文忘在書房裡

了，你在的話，我現在就叫司機回去拿……不在哦，那沒關係，沒關係，你去玩吧……晚上要司機去接你嗎？嗯，好，Byebye。（看著Jennet）她跟朋友逛街吃飯，然後去唱歌。

Jennet：所以呢？

清輝：我想要玩具。媽媽。

Jennet：你想要什麼？

清輝：長得跟你一樣的芭比娃娃。

Jennet：喜歡的……就自己拿。

燈暗。

燈亮。

大德和君蕙在同樣的場景裡，大德四處看了看。

大德：我都不知道飯店的樓上還有這麼私密的地方（自己拉椅子坐下）。

君蕙：你應該先幫我扶椅子讓我坐下的，大德。

（大德急忙站起來，拉椅子讓君蕙坐下。）

君蕙：這是會員專屬的俱樂部……幾年前有人買了永久會員送給廖清輝，不過，登記在找媽媽的名下。

大德：你跟令堂都在美國……沒用，不是很浪費？

君蕙：大德，你的腦袋好像一點都沒變呢，永遠都是直直的
　　　一條線，只是身材變了，變得更圓了。

大德：你也變了。時間，有時候還是公平的。

君蕙：那倒不一定。大德，你能不能把上衣的那個扣子解
　　　開？繃著一團肉，一直讓我覺得呼吸困難。（大德解
　　　開，服務生拿菜單進來。）

服務生：對不起，打擾兩位。（把菜單遞給大德，然後遞給
　　　君蕙，君蕙沒接，服務生尷尬。）

君蕙：請問這就是會員專用樓層的服務水準嗎？進來到現在
　　　已經超過五分鐘，連一杯水也沒有。Menu不是應該先
　　　給女士，而且幫她打開嗎？請你們經理進來。（這一
　　　路大德有點尷尬地看著，君蕙講完，服務生出去，她
　　　幾乎沒有轉換地接著說）大德，那倒不一定，你怎麼

會覺得時間是公平的呢？（大德猶豫著）當年你和廖
清輝同時特考及格，又分發到同一個單位，四十年時
間過去，你以地方政府一個小局處的處長身分退休，
而他卻是中央單位的高官，而且還正在鋒頭上……你
覺得公平嗎？

大德：那是他有能力。

君蕙：他有能力個屁！是有我在旁邊推。你也許不知道，他
公務生涯中，那些曾經被長官重視、被媒體報導的論
述或報告都是我寫的、我弄的。他那些人脈關係大部
分也是我透過太太們彼此之間的「拌揉」建立起來
的。（外頭敲門，君蕙稍大聲）等一下，現在請不要
打擾我！

大德：這我相信，同事那麼多年……我知道你的能力都在我
們之上。

君蕙：我當然清楚。問題是……那不是一個女性容易出頭的
時代，我只好尋找一個代打的。因為……我不甘心一
輩子平凡。

大德：（有點嚇到，指指門外小聲說）是不是經理來了？

君蕙：那就讓他等，這樣他才知道等人的滋味有多麼差。今
天約你來……其實是想看看往日情人現在的樣子……
還有，聽清輝說，你從想爭取自由搞到被老婆驅逐出
境……對這件事，我有點好奇。

大德：多少還是和你有關係⋯⋯最初，我只是想跟家裡的人
　　　說自己心裡隱藏多年的一點渴求，沒想到兒子忽然
　　　間，我跟我太太之間是不是沒有愛了⋯⋯我就很誠實
　　　地說，如果比起當初和你在一起的時候，那種心靈上
　　　的感受，我好像真的沒有愛過她。
君蕙：你太老實了，大德。你踩到女人最不能容忍的底線⋯⋯
大德：難道⋯⋯當初你離開我⋯⋯也是我踩到你什麼底線？
君蕙：不⋯⋯或許也是同樣的理由吧，你太老實了⋯⋯你連
　　　約會遲到都會覺得是罪大惡極，連我在你房間裡看到
　　　從辦公室帶回去的便條紙和原子筆，你都會臉紅⋯⋯
　　　如果我沒猜錯的話，你這輩子大概沒貪過一毛錢，也
　　　沒有任何外遇的經驗⋯⋯因為你一定會被抓到、被拆
　　　穿！廖清輝跟你不一樣⋯⋯他長得像一個誠實的優等
　　　生⋯⋯但，其實他很賊，有慾望，甚至還有點貪婪。
　　　但是，我並沒有後悔當初的選擇，因為那正是我需要

的人⋯⋯當然,我承認⋯⋯偶爾想起你的時候,總難
免還會有一點罪惡感。

大德:原來⋯⋯

君蕙:原來什麼?

大德:原來⋯⋯老實竟然是一種罪過,一種會被人鄙視的缺
陷。

君蕙:大德,性格決定命運,都這樣的年紀,就認了吧⋯⋯
(燈漸暗)外頭的,進來!

(經理和服務生進)

燈暗。

廖清輝家臥室

雖然你說跟她分房已經很久了，但⋯⋯
躺在她的位子上，總有一點罪惡感，難道你沒有？

燈亮時，清輝穿西裝長褲和內衣正在整理床鋪，他仔細地把枕頭拿起來聞一聞，然後找到稍亮處看了一下，好像從上頭看到一根頭髮吧，捏下來，猶豫一下，塞進褲袋，然後把床單理平。他看看錶，走向浴室。

清輝：（敲敲門）你好了沒？

Jennet：快好了。

清輝：你好久哦……

Jennet：這好像應該是我跟你說的吧？你今天很不一樣。

清輝：也許是她在台北吧……今天很容易分神，哦……你的
　　　東西記得要帶走，尤其是浴巾，上回你就忘了，還
　　　好，上頭寫的是「為建國一百年而跑」，管家還問我
　　　是不是從辦公室帶回來的？（Jennet從浴室出來，上
　　　身內衣，下半身已穿上裙子，手上拎著浴巾給清輝
　　　看，她走向床鋪坐下，清輝拿起她的上衣好像急著
　　　要她趕快穿好，趕快離去，沒想到Jennet卻把衣服甩
　　　開，抱住清輝倒向床鋪。）

清輝：不要這樣，我好不容易才把床鋪抹平……

Jennet：你是不是很緊張？

清輝：我有什麼好緊張的，我只是擔心你等下還要去上班，我怕你太累。

Jennet：可是我會。我喜歡跟你在一起，但是……只要是在這裡，我都很不自在，雖然你說跟她分房已經很久了，但……躺在她的位子上，總有一點罪惡感，難道你沒有？

清輝：那……以後我們另外找個地方吧，雖然樂趣少了一點。

Jennet：（撐起身）你跟我想的一樣……我都在想，也許……我們可以買一間自己的房子，不要大，低調、溫馨就好……然後，我們就把一個房間裝潢得跟這裡一樣，甚至我們也可以買一張一模一樣的床，可以滿足你的想像……

清輝：買房子？買房子是大事，它又不像買玩具，想要就要得到。

Jennet：（有點冷酷起來，指指自己）買玩具？……你曾經為
　　　　這個想要就有的玩具付過帳嗎？嗯？

清輝：你這是在要求什麼，還是在威脅我？

Jennet：你怎麼也會是這麼一個俗氣的人呢？威脅？我哪有那
　　　　個分量？不過有個小小的要求倒是真的，但，你不要
　　　　怕，不是錢，對你來說可能只是舉手之勞的小忙……

清輝：我有說要求指的是錢嗎？

　　　（Jennet看著他，冷冷笑著，拿起包包的菸要抽。）

清輝：請不要在這裡抽菸。

Jennet：（把菸拿在手上）李董公司最近推出一批房子，在板
　　　　橋……聽說有些雜事還需要和你有關的單位幫忙，我
　　　　只想請你幫我打個電話給他……希望他能給個特別的
　　　　價錢，其他的就跟你無關了。

清輝：這倒是小事，不過，我們另外約時間……我孩子的媽
　　　　可能隨時會回家。

Jennet：不會那麼早吧？而且，我的頭髮也還沒乾。

清輝：（有點急，只好拿電話，正想撥，但想了一下）我這
　　　　個手機有點不方便，不確定有沒有監聽，這種事……
　　　　萬一怎樣，就是證據確鑿的官商勾結……

Jennet：（把電話遞給他）那用我的吧，直接撥就可以。

　　　（清輝看看她，按下，接電話過程，Jennet開始穿上
　　　　衣。）

李董：（響聲之後出聲，OS）喂，Jennet！honey，啊你哪
　　　會現在打電話給我？哈哈，我知道，我知道，黃昏已
　　　到，身邊寂寥，對不對？

清輝：李董，是我，清輝，廖清輝（啊，次長，歹勢歹勢，
　　　啊你哪會用 Jennet 的電話）啊……伊剛好有代誌來找
　　　我，啊我電話剛好沒電。（啊你用那個是哪一國的電
　　　話，哪會常常在沒電，啊，次長有什麼指示？）電話
　　　中，我長話短說……聽說板橋你最近有推一批厝（有
　　　啊，這批厝是有一些小代誌啦，是不是次長看到公
　　　文？）不是，不是……是安呢啦，Jennet 對你這批厝
　　　有尬意……是說，不知道李董會當用卡特別的價錢賣
　　　伊一間……（Jennet 要治哦……喔喔喔喔，我了解，
　　　我了解……這哪有問題？足嘟好，你知道那批厝叫啥

名否？第二人生，哈哈，次長，安呢啦，你沒閒，你叫Jennet直接找我就好，我會安排到足舒適……）李董，你不通誤會，我只是替Jennet打這個電話。（當然，當然，我了解，是Jennet要的嘛，這我來處理就好！我來處理就好！）安呢，多謝啦，多謝。（把電話拿給Jennet）

Jennet：沒錯吧，我說過的，對你來說只是舉手之勞。

清輝： 你跟李董很熟？

Jennet：十幾年的老朋友了。

清輝： （好像挺認真地）我們兩個……誰比較厲害？

Jennet：當然你厲害。你是官，他跟我一樣只是普通老百姓……

清輝： 我是說……在床上。

Jennet：次長，我當然知道，我只是不想回答你這個有點無聊
又低級的問題……
（門開，君蕙進來，三個人楞在現場。）

君蕙：她是誰？這個女人是誰？

Jennet：夫人好，我叫Jennet！

君蕙：我沒問你，你沒資格跟我講話！我問的是他，這個女
人是誰？這個女人是誰？

清輝：我會跟你解釋，我會跟你解釋……（轉向Jennet）你
先走吧。

Jennet：我知道，我留在這邊也挺尷尬的。（Jennet轉身走，
還笑笑地跟君蕙說）夫人再見！

君蕙：見你媽個屄，滾！

Jennet：（聽她罵人，回過頭，清輝甩手要她快走）門要替你
　　　們關上嗎？不然，外頭可能聽得見哦。（關門）

君蕙：（現場安靜了一下）說，那個女人是誰？

清輝：哪個女人？

君蕙：剛剛走出門的那個女人。

清輝：剛剛……哪有女人？

君蕙：我進來的時候就站在你身邊的那個女人！

清輝：沒有啊？你什麼時候看見的？

君蕙：剛剛在這個房間裡的那個女人！

清輝：我根本不知道你在說什麼，這裡，除了你，我沒看到
　　　另一個女人啊！哪有啊！沒有啊！

君蕙：廖清輝，你真的不是普通的賤！（生氣、喘氣）
　　　（電話響，好一會兒清輝才去接）

清輝：喂！（廖次長嗎？）是，哪位？（對不起，我是週刊記
者，我姓董……）我現在沒空回答你任何問題（不，
次長，我們只是查證一件事……過去一兩個月裡，我
們拍到你和同一位女士好幾次約會的照片……）我在
忙，我等下回你電話。

（場面尷尬的寂靜）

清輝：真是無孔不入！

君蕙：承認了哦？你的確是有洞就鑽！

清輝：（停了一下）我說的是記者，週刊拍到了我和那個女
人的照片……

君蕙：哪個女人？

清輝：就……剛剛走出門的那個女人。

君蕙：剛剛？剛剛哪有女人啊？沒有啊！你什麼時候看到
的？這裡除了我，我沒看到另外一個女人啊……（燈
漸暗）沒有啊？（翻床、看床底）哪有啊？……你不
會是看到貞子吧？

燈暗。

第六場

男性本是漂泊心情

記者會雜聲起，在連續的閃光效果中，我們看到清輝和君蕙走向座位，燈慢慢亮，桌前是一大堆聚集的麥克風。兩人站定，鞠躬之後，君蕙抱了清輝好一會兒，她要清輝坐下。

君蕙：很多人一定都會覺得……又來了，台灣的政治人物到底在搞什麼？怎麼一出事，總是拉著太太出來重申恩愛？太太……不是這整個事件中最大的受害人嗎？

是，我承認我是。

特別是不久之前，當我和往日的情人見面的時候……這個週刊竟然沒拍到，好像有點可惜……當我和他見面時，我還那麼堅定地跟他說：至今我沒有後悔我的選擇。

而這樣的話，即便今天，我依然還要跟大家說一次：我，沒有後悔我當初的選擇。

你們一定會問：為什麼？對不對？

請容許我這樣說：我想沒有一個人，敢自信地說：我是完美的。

廖清輝也一樣，他不是一個完美的人，不過，他沒有推託，也沒找任何藉口，他在第一時間跟我，跟家人，跟他的長官，以及，此刻，向全國民眾道歉、認錯。

昨天晚上……我跟他說：清輝，要我忘記這樣的傷

93

害，可能會很久很久，但是，因為受傷害而要我忘記你對我、對家人、對孩子的愛和奉獻，老實說，絕不可能。

這樣的話，只有我有資格說，所以，這是我今天會站在這裡的理由。

在此同時，我也希望大家給他一個悔過的機會……並請大家傾聽我的懇求，千萬不要因為他這次的錯誤，而忘記了他曾經為人民、為社會、為國家所付出的血汗和貢獻，謝謝大家。（坐下，拍拍清輝，清輝站起來。）

清輝：我錯了。我犯了許多男人都會犯的錯誤。作為一個公務人員、一個公共人物，我做了一個最壞的示範，我對不起我的太太、我的家人、我的長官、部屬，以及我的朋友，更對不起整個社會和全國人民……

（清輝鞠躬，君蕙又和他擁抱，閃光燈起，燈漸暗。）

燈暗。

燈漸亮。

現場的桌上所有麥克風已經撤走，只剩清輝和君蕙。兩人沉默著。

清輝：謝謝，謝謝你願意到記者會來。

君蕙：我來……是想跟那些人盡可夫的女人說：對不起，「這個」還是我的，給不給，看我！不過，都結束了。

清輝：都結束了。

君蕙：清輝，我說的是……你的政治生涯結束了，一輩子的經營畫下句點了。

日本人曾經說過，猴子從樹上掉下來，還是一隻猴子，而政治人物一旦從舞台上下來，就什麼都結束了，所以搞政治的人，無論如何也都要巴住舞台，不管姿勢有多難看……而你呢，你是直接墜落……屍骨不存。（沉默了一下）不過，也不一定啦，台灣太健忘了，昨天發生的事，有時候今天大家就忘了，然後，你曾經跟過的人，說不定哪天一冒出頭，說不定你就又有了新的位子，這種例子也不是沒有……

清輝：跟對人……這輩子，你對我的評價永遠只有這三個字，你從不相信，我也有我的才能跟實力，在你面前……我好像不曾有過一點點尊嚴。

君蕙：清輝……有件事，只有我跟你這麼親近的人才會跟你說……而爲了你所謂的尊嚴，我從沒跟你說過。

清輝：你可以說啊。

君蕙：你小便的時候，從沒一次對準過，永遠一半在裡面，

一半尿在外頭。

清輝：這是小事吧？

君蕙：是，你認為是小事，但，完全就是你這個人的寫照，
能力不足而不自知，搞下的爛攤子視而不見，等著別
人替你收拾……有一天，當我看到你們的廁所裡，到
處都貼著「靠近一點，別以為你的傢伙有多長」的標
示的時候，我忽然覺得，天啊！把政府交在你們這些
人手上……也未免太可怕了吧？你也許不相信，但，
我會把孩子全部都帶出去，這正是理由之一，而你那
個有洞就鑽的劣根性也就甭說了！（喝了一口水，把
太陽眼鏡拿給清輝）最近走到哪裡大概就會被人家用
眼神嘲笑到哪裡吧？這種日子我可一點也不想過，你
就自己好好享受！我後天就走了，再回來的話，應該
是處理我名下的房產了……到時你應該不會有意見
吧？

清輝：那我還剩下什麼？

君蕙：尊嚴啊！你不是說，在我面前，你從來沒有過？我不
在，你就有了。哦，對了，還有自由。聽說羅大德離
家為的就是這個。

燈漸暗。

第七場

殯儀館外有淡淡的哀樂的聲音和司儀若有若無的唸祭文的聲音傳來，賓客在外頭零落地站著，幾個男人聚在一起聊天，大德一個人，和其他人有顯著的陌生感。李董從一邊過來，有點被某些情境感動的神情。

典禮會場

李董：林北參加過那麼多告別式，不曾看過這麼稀微的家祭……裡面算算咧不夠一打……國興仔很寂寞坐在那兒……整個人好像都老去……

A 男：有可能，他太太是獨生女……他們兩夫妻攏攏沒生。

明澤：老實講，我現在最欣羨就是國興仔。

李董：人家死老婆，你在欣羨啥？

明澤：你沒聽古早人講過，男人最幸福的代誌，就是中年升官、發財、死太太，國興仔雖然不是做官，不過，沒束縛、錢透海，若要娶，水查某自己過來排歸排！

李董：ㄟㄟㄟ，你在人式場外面講這？你會被雷公捐我跟你說！

明澤：拜託，我就不信你們不曾這樣想過，我是卡老實講出來而已……雷公若要捐，大家都有分！（真的打雷的聲音，所有人都不自覺地遮頭，旁人看向這邊。）你們也會驚哦，還說我！

A 男：啊，講到做官，今天你同學（朝大德看）伊同學那個次長敢會來？

李董：哪有可能……嘿若出代誌之前，伊肯來是讚面子，這嘛來，是捨體面！

A 男：安怎講？

李董：你有夠呆呢，伊若來，記者看到，絕對馬上像蒼蠅沾

牛屎，一咧都圍過去，（學記者的樣子）次長次長，
你覺得厝裡的卡好用，還是外口的卡爽？

明澤：（也學）次長次長，請問你平時都怎麼保養的，怎麼
這麼老了還這麼勇？

李董：次長次長，當場被抓猴的時候你的心情是怎樣？……
你看看，人裡面在辦喪事，啊外面在演這齣的，這敢
有體統？

A 男：啊台灣這款代誌不是常常在發生？

李董：就是常常在發生，所以我若是國興，林北就是要用跪
的嘛求他不要來！這款場面，亡者是主角呢，伊若
來，靠背啊，新聞報歸脯，到底死的是誰都沒人知！

明澤：講到這咧，林北就火著，伊自己爽就好，牽拖到咱
這裡來是要衝啥？（A男：伊也有講到你的名哦？）

哼，你沒聽伊在記者會上說啥？講：我犯了許多男人
都會犯的錯！幹，阮某一看到電視就講：你老實講，
你是不是嘿「許多男人」中間的一個？

李董： 啊你敢有老實講？

明澤： 林北才不傻咧，林北當然嘛義正辭嚴先講白賊，然後
才燒香跟神明求赦免！

A男： 不過伊那個某實在足感心的，伊真正是最大的受害者
呢，還擱肯出來替伊讚聲，這款代誌若發生在我身
上，各位，我跟你們講，你們今天參加的絕對是本人
的告別式！啊兇手絕對是阮那個柴扒！

李董： 你別傻了！最巧的太太就是這款的，你想看看，這麼大
的人情做給你，了後，在她面前你是不是永遠都矮伊
歸落吋？情分是不是還在，咱不知，不過，這世人，

在伊的面頭前，我跟你保證，你連喘氣都不敢大聲！

（大德也許聽不下去，慢慢走離，李董看到，跟大家做了一個噓的手勢跟過去安慰大德。）

A 男：啊這嘛是什麼情形？

明澤：攏嘛你……無代無誌亡樂人家的老婆幹嘛？聽說……那個次長伊老婆之前就是羅顧問的七仔……

A 男：真的還假的？台灣實在有夠小……一個緋聞，好像跟咱一些熟識的人都有關係，連李董嘛差一點都變成真正最大的受害者……聽講次長替 Jennet 打電話說要買厝，那傢伙以為是次長要金屋藏嬌咧，準備要半賣半相送，好家在簽約進前代誌泮空……

（司儀告知公祭即將開始）

（李董過來）

李董：唉，那傢伙不知安怎，心情在歹……今晚大家逗陣給安慰這咧……老地方，同齊來揮別朋友離去的悲傷，OK？要來喔。

明澤：啊？今晚哦，好啊，好啊，我喬喬看。

李董：（問A）啊你呢？多call幾個啦。

A 男：好啊，到時電話聯絡……耶耶，國興仔不收奠儀，擱謝絕花圈罐頭塔……可見伊要的是場面跟頭面，啊咱公祭要怎樣喬？

李董：跟之前同款啊，咱四五個人就四五間公司啊，若我的

公司，就我主祭，你跟後面做陪祭，若你們公司，就
你主祭，我們跟後面作陪祭啊……

A 男：好啊，就這樣啊……

李董：（招呼大德）大德……進去了……

　　　（眾人進去，燈漸暗，哀樂起，司儀說：下面請上大
　　　建設股份有限公司公祭……轉場）

第八場

男性本是漂泊心情

（微亮的燈光中，李董和大德進入酒廊，司儀說：主祭者，上大建
設股份有限公司董事長，李進財先生請就位，陪祭者請就位……酒
女進來，李董左擁右抱。司儀說：獻花。說獻酒時，服務生用盤子
拿酒和杯子來。說獻果時，服務生端水果切盤進來。燈亮，司儀
說：向遺像行三鞠躬禮……）

李董：（掏錢給服務生們）好啊，好啊，不要鞠躬了不要鞠躬了，你們這樣我感覺跟咧在給我辦告別式咧……沒叫你們就不要再進來了……（服務生退下，他忽然覺得詫異，朝酒女們）啊你們阿姐呢。

A 女：Jennet 這陣子暫時不會上班……

李董：怎樣？伊破病哦？

A 女：不是啦，是跟那個次長的事洴空之後啊，她……

李董：她也跟人家在驚見笑，不敢見人哦？

B 女：不是啦，她現在很紅ㄟ，每天都要上電視趕通告！

李董：上電視？伊上什麼電視？

C 女：啊就去很多節目講很多有名的男人很蠢、很賤、很白癡的事啊！

李董：幹！這沒道德嘛！她明明知道，所有男人只要進這個門，就大頭失效、小頭思考！好家在，好家在林北不夠有名，呀沒，我認識她這麼久，什麼沒有，笑話一

定最多！

A 女：李董，她有講過你ㄟ，雖然沒講名字，但我們一聽就知道是你！

李董：What？Oh, No！No！林北跟伊 no ending no final 啊！

A 女：什麼意思？

李董：這種小學程度的英文你都不懂？沒完沒了啦！啊伊講我什麼？

B 女：啊就說你一喝醉就喜歡講一些連外國人都聽不懂的英文啊！

李董：我就知道！不管什麼人，只要上電視就胡說八道，什麼我喝醉就喜歡講英文？我根本……還沒喝就開始講好不好？還有呢？（抱著B女說）還有呢？還說我什麼？

B 女：說……你有時候會吃檳榔，又喜歡很近、很大聲跟人家說話，結果，她常常滿臉都是你的檳榔汁，人家還

以為是腮紅塗太厚……

李董：（推開酒女）死囝仔，還好沒說我的名字，不然董氏
　　　基金會一定來相找！

C 女：不過有一段，講得很感動哦……說有一天她跟你說，
　　　她兒子要過生日，啊你就說要送禮物，問他喜歡什
　　　麼，阿姐就說，她兒子最喜歡摩托車……結果你就買
　　　了一部摩托車送給他……阿姐說，她才說你浪費錢，
　　　你就大聲罵她說：有什麼事可以比讓孩子高興更有價
　　　值？啊？啊？錢算什麼，錢擱賺就有啦！

李董：本來就是啊，我這樣說有錯嗎？

B 女：沒有錯啊，只是很好笑，因為你不知道，阿姐的兒子
　　　才四歲！他喜歡的是模型玩具！

C 女：阿姐還說，也許你的小孩都沒跟你，所以……只要一
　　　聽到人家說小孩，你好像就會把他們想成自己的……
　　　她說，有一年中秋節的晚上，你自己一個人來，點了
　　　四五個小姐坐台……後來，好像喝醉了，說你在流眼
　　　淚，一直跟小姐說：跟我講講話……把我當成你爸爸
　　　……跟我講講話……

李董：（看看低著頭的大德，掩飾情緒罵C女）不曉social賣
　　　黑白social啦，今晚來這裡是要快樂的……你講我這
　　　些見笑代誌是要衝啥？（看錶）嗯，幹，那些死人是
　　　要來還是不要？（要打電話）

大德：他們不會來了……

李董：你哪知？

大德：他們打電話跟我道歉過……說不能陪我快樂了，今天
　　　要做業績，陪家人。

李董：幹，家人每天都可以陪，啊傷心的朋友只有一個呢！

大德：進財，你真的忘了嗎？今天……是中秋。

李董：啊？安呢哦？擱中秋啊哦？

大德：（朝酒女們）你們可不可以暫時離開一下？我跟李董
　　　有話要說。

李董：（情緒中，發現酒女們都在等待他的指示，說）去
　　　啦，去啦，去剝柚子、吃月餅……
　　　（酒女們離開）

李董：安怎？看你最近心情攏不開……我嘛知道一定有心

事，只是你不說，我也歹問。

大德：進財……我想，我也該走了。

李董：啊？中秋暝，又要放我一個人在這？

大德：當然不是現在……我是說，我想離開公司了。其實，
比較正確的講法是，我不想一直被你這樣照顧，變成
你的負擔。

李董：同學，你千萬不要這樣想，你那份薪水……就算我不
給，最後也會被政府扣稅扣了了……你都不知道，自
從你來公司之後，我有伴多了……至少，吃飯、飲酒
攏免驚孤單……

大德：進財……其實，這也許就是我得離開的理由。

李董：你這樣講，我就不懂了，啊你要自由，啊你什麼時候
可以像現在這樣自由？

大德：你真的是好人⋯⋯不過，我說了你可不要生氣，某些
　　　部分，我覺得你就像我太太，非常樂意為別人營造一
　　　個她所想像的，無缺、舒適又歡樂的環境，就像你覺
　　　得男人所渴望的自由必然就是這樣，但，其實這並不
　　　是我喜歡的生活。

李董：那⋯⋯你喜歡的是什麼？你可以說啊，如果是我做得
　　　到的，絕對沒第二句話！

大德：說來好笑，現在我好像必須承認，我自己都不知道。
　　　忽然覺得，自己就像多年前，一部電影裡頭看到的一
　　　個小孩，他想學會騎腳踏車，因為一旦學會了，想去
　　　哪裡就可以去哪裡⋯⋯有一天他終於學會了，可是卻
　　　反而不知道該往哪裡去⋯⋯

李董：（沉吟了一下說）你安呢講，我就聽有啦⋯⋯不過，
　　　人家是小孩呢，是很多路可以走，啊不知道要選哪一
　　　條，啊咱們呢？老了啦，可以走的路有限，也沒多少
　　　時間給你選。老實說，到我們這樣的年紀⋯⋯你還想
　　　要改變，我實在有佩服。我不敢想⋯⋯當年，結婚兩
　　　三次之後，覺得男人的身邊如果沒有女人囉哩囉嗦管
　　　東管西最自由⋯⋯後來發現，自由的結果⋯⋯是什麼
　　　你知道嗎？是寂寞。林北也不是那種什麼可以享受孤
　　　獨的人啦，所以，花錢買熱鬧，花錢買朋友⋯⋯但
　　　是，也不怕你笑我啦，大德⋯⋯你也不要以為我喜歡

這樣的生活，你知道嗎……其實沒有誰比我更了解，熱鬧之後更寂寞，但是，就跟吃嗎啡一樣……很難改了（隔壁包廂歌曲的前奏傳過來，兩人無語，李董後來像有感而發地說）啊……男性本是漂泊心情。（大德看看他）我說這條歌，叫做男性本是漂泊心情……漂泊，你懂啦哦。（兩人再度安靜）

（隔了一下，酒女開門探頭）

A女：李董……你們……還好嗎？

李董：不會死啦……進來，叫她們都進來，中秋夜……把我們當作你們爸爸，跟我們講講話……講講話就好，乖……

（女孩們陸續又進來，燈慢慢暗）

燈暗。

燈微微亮起。
酒廊裡只剩李董和一個酒女，李董躺在酒女的腿上睡著了，音樂
聲中我們聽見他打呼的聲音。

燈暗。

第九場

男性本是漂泊心情

前一場有點寂寞的音樂延伸過來。屋裡沒開燈，只有月光灑入。陳董孤單地坐在客廳中。葬禮過後的晚上，他脫了西裝上衣，拉開了領帶。

陳董：……阿慈，我返來了，我在厝內……其實，我想免講
　　　你也知，因為我知道你攏看得到，啊你嘛攏有在看。
　　　雖然今天，是我把你的骨頭灰，一塊一塊挾進甕子
　　　裡，是我親手把你的骨灰罈送去山頂的靈骨塔，不過
　　　……我知道，這嘛你還在這裡。
　　　你可能會講……阿興，你真有心呢，竟然會發現我的
　　　存在……
　　　阿慈……我必須跟你承認，有心的是你，絕對不是
　　　我。
　　　那天，在病院，你跟我說……無論安怎，你一定會回
　　　來，在身邊，一直守護我，當時，我不知道那就是你
　　　這世人對我最後的交代。
　　　你過世那天……我沒哮，不過，我一轉到厝，一開電
　　　火，第一眼，就看到你笑微微在給我看，我的目屎，
　　　就擋不住、流不煞。
　　　咱厝的電火……本來是一開就攏光，但是自從那晚開
　　　始，我若開，伊就變安呢……（開燈，兩人的合照先
　　　亮，其他才一起慢慢亮，關掉，再開一次，同樣反
　　　應）。
　　　管家說，一定是開關哪裡short去，修理理就好，叫我
　　　免驚。
　　　阿慈……你說，伊是不是真傻？經過安呢的一世人，

你還肯轉來守護我，我……哪會驚？

阿慈……我承認我會驚你，不過那是在你過世之前，咱那段漫長的婚姻的日子……

咱結婚的時，我相信你也一定聽過真多人安呢講，講我是娶對老婆，卡省艱苦……所以，我跟自己講……我一定不給你失體面，我一定要拚乎你、拚給大家看。

哪知影，你老爸一過世，公司就差一點仔讓我舞到倒……那幾年，我走到哪，人笑到哪，事業敗，人笑我無才，你沒生，人笑我沒效……你顛倒連一句話都沒講，你知道……那時陣我的心內多自卑否？我想說：阿慈敢會已經把我看破啦？

了後，我開始賺錢……事業愈做愈大……人開始有亡樂，有扶攤……你還是沒講啥，錢給你，你就四界捐，捐了了……讓我感覺說，你好像一點都不希罕。

之後，我在外頭黑白來，養女人、有小孩，沒人敢再笑我無效……那時陣，我每天好像都在等，等你跟我冤、跟我吵，我想說，若這樣，至少我嘛知道，你心內還擱有我，不是早早就把我看破……不過，你還是連一聲責備也沒，連一句歹聽話都沒講。

我攏不知道，原來那個時陣，你的心在流血……在痛。就親像……我一直不知影，你一句話都沒講……

126

那是寬容，是愛，不是看破。

你說……你一直在等我轉來，不過可能等不到那一天……我同款想要跟你講，我欠你的……這世人，除了反悔、除了遺憾以外，嘛根本無補償的機會呢……

（燈慢慢轉暗，只剩月光，而我們於是聽到男人低泣的聲音。）

燈暗。

第十場

街道的一角，大德脱掉西裝上衣擱在一旁，拉開領帶，坐在椅子上吃一碗關東煮，有點落魄。舞台另一角落，出現戴太陽眼鏡、口罩和帽子的清輝，他穿著舊夾克，牽著一隻狗，走過來，然後停步。

清輝：（OS）那不是羅大德嗎？我這個樣子……他應該認不出來吧？這個當初被君蕙拋棄，也曾經被我瞧不起的人……沒想到此刻我卻羨慕起他了（慢慢走過）……別的不說，光可以自在地坐在街頭吃個點心，就已經是我現在最大的渴望了。一生追名逐利，最後卻只落得寧願不要被人認識……比較起來，大德，我寧願是你！

清輝：（OS）（清輝走過身邊之後，他回頭看著，清輝OS之後，他的畫外音開始）雖然我不認識你……但是，兄弟，此刻你是我最羨慕的對象。雖然，你的眼睛……看不見，或許還有病在身，但至少還有一隻狗作伴，而且他會帶引你往該去的地方……而我呢……徬徨無依，四顧茫然，兄弟，我寧願是你。

　　（兒子出現，一邊看著手上的購物單，忽然看到大德。）

兒子：爸！你怎麼會在這裡？

大德：你又怎麼會在這裡？

兒子：我出來買木炭。

大德：誰叫你買木炭？（站起來）不會是媽媽吧？

兒子：不是……我女朋友住這附近，我們在烤肉，木炭不夠
　　　……你怎麼會想到是媽媽？
　　　哦哦哦……爸，你想太多了吧？

大德：你又知道我想什麼了？（坐下）媽媽……還好吧？

兒子：還好啊……（看看爸爸）你呢？

大德：你覺得呢？

兒子：好像……不怎麼樣。

大德：我離開後……媽媽有沒有說什麼？

兒子：奇怪ㄟ，你們想知道的事，為什麼都不自己問？媽媽
　　　也是這樣，每隔幾天就會說：喂，那個標本有沒有打
　　　電話跟你說什麼？

大德：那你不會隨便說幾句，安慰她一下？

兒子：她又不是我女朋友，我哪知道講什麼才有安慰的效
　　　果？

大德：那你們怎麼會在臉書上跟一大堆不認識的人說：加
　　　油！

兒子：那不一樣好不好？剛開始……她什麼也沒說，就是不
　　　煮飯、不打掃，後來我們只好自己動手，她又嫌我們
　　　亂弄亂搞，於是又開始煮、開始掃。有一天……她電
　　　視看一看，忽然說起你們的戀愛……說你以前很老

實，辦公室所有人都知道那個王君蕙只是把你當備胎，啊你卻死心塌地地愛，她是看你受傷那麼重，是m甘，才會去給你乎乎惜惜咧……她說你沒愛過她，也許是實話，因為當年她最愛的也不是你，說你跟他根本不能比……

大德：誰？……她有沒有說是誰？

兒子：有啊，不知道你認不認識，那個人叫做姜大衛……

大德：（釋然）呵，呵呵……我還狄龍咧。

兒子：啊？你還笑，我以為你也會翻臉暴走說。

大德：我哪那麼沒風度？你以為我是誰？

兒子：爸……我問你，家，是

不是一個會讓人失去自由的地方？

大德：怎麼會這麼問？

兒子：因為媽媽也說，如果捨得這個家……她也希望有自己
的自由……她說，她這一輩子的世界，就只有四十二
點五坪，比你們的辦公室還小……她說她都沒抱怨
了，不知道你還抱怨什麼……說你常在電視機前叫：
台灣該往哪裡去！那個時候她都只想跟你說：台灣往
哪裡去？你有沒有問過我想去哪裡？你都還沒帶我去
過101……有一天當她這樣說的時候，妹妹都哭了，因
為她覺得……那讓你們失去自由的，好像就是我們兩
個……

大德：回去跟妹妹說，千萬不要這樣想……這樣想，媽媽會
難過。

兒子：媽媽也是跟妹妹這麼講，說這樣想，爸爸知道會難過
……所以呢？如果「家」指的不是我們，那……是婚
姻本身嗎？

大德：父子倆久別重逢……一定要在這樣的場合討論這麼嚴
肅的問題嗎？

兒子：我只是問問看，因為你離家出走的關係吧，所以……

大德：不不，我必須澄清……我是被掃地出門的……

兒子：好吧，我是說，因為家裡有了這樣的狀況，所以……
我跟我女朋友曾經很認真地討論過這樣的問題……因

為，我們不想老了以後（看看大德）也跟你們一樣。

大德：那……結論呢？

兒子：我們覺得……上一代的你們，好像大部分都是以結婚為前提去談戀愛，愛到最高點的時候就結婚……所以，兩個人的真面目或性格上的衝突都是在結婚之後才出現，而那個時候……兒女說不定都已經出生了，責任啦、面子啦什麼的，讓你們不會那麼輕易地分手，於是婚姻……就像修行，變成一種必須長期忍耐的不快樂……（大德沒說話，兩人安靜了一下子）我們不一樣……我們戀愛的過程，其實是在尋找一個合適的人，一個彼此都相信未來是可以長久而且快樂地相處的人……一旦找到了，我們才會開始思考結婚的可能性。

大德：難怪你戀愛的紀錄……真是「罄竹難書」。

兒子：我也不喜歡啊……因為每次分手，都是一種傷害，好像不是傷人，就是被傷。

大德：現在這個……好像比較久，所以是遇到合適的人了？

兒子：她比較不一樣……她比較會想到未來，比如說……我的薪水，她就會幫我計畫……每個月要存多少，說先要習慣如果買房子就要付貸款……也勸我少和朋友攪和，因為這樣不但可以省錢，而且也比較有時間可以陪她。

大德：的確和你以前的女朋友不一樣……她不是女孩，她已經是個女人了。

兒子：（有點開心）是哦……我也覺得……（電話響）喂，我還沒買到……為什麼？因為你說的那家賣光了……所以，我在附近另外找找看……好，好啦。

大德：是她？

兒子：嗯，問我為什麼這麼久。

大德：然後……你不敢說你遇到我……

兒子：不是不敢，只是一說，回去她就會問，一問我就得把我們說什麼從頭到尾講一遍，你不覺得這樣很煩？所以說個小謊，省得浪費時間。

大德：你也不一樣了，你也已經是個男人了。

兒子：（得意地）我也覺得。

大德：那……去吧，趕快去買木炭吧。

兒子：你要不要一起？（大德看看兒子說：一起買木炭？）我是說一起去烤肉！

（下一場探戈風的音樂起）

燈暗。

140

第十一場

前場音樂延續，燈亮，羅家客廳有好多人聚集，有人正在唱卡拉OK〈男性本是漂泊心情〉，美枝和一個男人正在跳舞，也有另一對在跳，好像是在學，其他人則在討論或挑歌，反正是社區聚會般的歡樂。電鈴響了幾聲之後才有人發現，說：「美枝，好像有人按電鈴呢！」女兒去開，大德拖著行李進來，女兒喊了聲「媽！」美枝和眾人回頭，所有人陸續發現，慢慢安靜下來。

美枝：（先朝大家）沒事，沒事，熟人啦，大家繼續玩！
　　　（眾人有點尷尬地裝作若無其事）

美枝：（兩人有點不自在，沉默了一下）啊你吃飯了沒？沒有的話，流理台上還有包子，拿去微一微，啊冰箱裡也有豆漿。

大德：吃過了，吃過了。

美枝：（指了一下大德的行李）啊……你是回來……拿什麼東西哦？

大德：沒有，沒有，該拿的，我都拿走了，我只是路過……看看。

美枝：哦，啊沒有變啊，都一樣。

大德：不太一樣……多了好多人。（朝所有人笑了笑）

美枝：因為家裡沒人啊，所以找厝邊朋友來鬥鬧熱。

大德：很好呀……這樣很好。

美枝：以前都怕你嫌我吵。

大德：你快樂就好⋯⋯快樂就好⋯⋯

美枝：啊你現在要去哪裡？

大德：我⋯⋯我要上山了。

美枝：上山幹嘛？

大德：一個老同事，在山上弄了個農場，約我去，說那邊很
　　　清靜，可以養雞、種菜什麼的⋯⋯

美枝：都幾歲了還跟人家養雞⋯⋯（家裡的人都偷笑，美枝
　　　轉頭罵）啊你們是想到哪裡去了？（朝大德）養雞種
　　　菜不是你想的那樣ㄟ，很累ㄟ，你這輩子怎麼都沒
　　　變？都不想想自已有沒有那種能力？

大德：還可以啦，還可以。

美枝：（自我解嘲般地笑）不過，養家也很累就是啦！

大德：養家⋯⋯我們兩個都累。（沉默了一下子）不打擾你
　　　們了⋯⋯我也得去火車站了。

美枝：哦⋯⋯（隨著大德走）不過，不要逞強啦，如果累了
　　　就下山⋯⋯不過，我也不是說，你一定要回家啦！
　　　（大德停步）啊你那個降血壓的藥也要記得去拿，不
　　　然，山上那麼遠，你又這麼大隻，萬一要救你，人家
　　　很累也很浪費資源！

大德：知道⋯⋯（朝大家）你們玩，你們玩，再見了！

女兒：（在父親轉身的那一刹那，叫住父親）爸，你怎麼都
　　　沒跟我說再見？

　　　　（大德過來抱著女兒，音樂起，美枝有情緒。）

　　　　（大德出去，美枝關門，停了一下才轉身。）

　美枝：（抹了一下臉，頑強地撐出高亢的情緒）來來來，我
　　　　們從頭開始，從頭開始！

　　　　（所有人開始動起來，音樂重新開始，開始跳，開始
　　　　唱，燈慢慢轉暗。）

舞台前燈亮。

大德從舞台左側拖著行李箱轉頭看了一下家裡，慢慢橫過舞台。

音樂延續，燈慢慢暗。

劇終。

【演職人員總表】 演員：

柯一正　飾　廖清輝

林美秀　飾　美枝、君蕙、愛慈

羅北安　飾　羅大德

李永豐　飾　李進財

陳希聖　飾　陳國興

范瑞君　飾　Jennet

李明澤　飾　酒客明澤

陳俊成　飾　酒客A男

林聖加　飾　羅家兒子、服務生

廖君茲　飾　羅家女兒

田瑄瑄　飾　酒女A

王鴻玲、楊恩緹、劉雨辰、徐謙慧　飾　酒女

聲音特別演出：任建誠　飾　週刊記者

編劇／導演：吳念眞
副導演：李明澤
排練助理：廖君茲、林汶智

題字：董陽孜
舞台設計：曾蘇銘
燈光設計：李俊餘
服裝設計：任淑琴
音樂設計：聶琳
造型設計：好萊塢的秘密
劇照攝影：蔡育豪

舞台監督：陳威宇

舞台技術指導：陳巨綸

燈光技術指導：邱逸昕

音響技術指導：羅浩翔

舞台道具佈景製作：風之藝術工作室

燈光音響工程：風之藝術工作室

音效執行：羅筱君

燈光暨舞台工作人員：高明毅、胡敬詮、楊琇雯、楊淵
傑、林牧昕、葉秀斌、梁家茂、游秉廉、蔣宗琦、何莞
婷

創意顧問：吳靜吉

藝術監督：吳念眞、柯一正

製作人：李永豐

團長：羅北安

行政總監：汪虹

表演學堂主持人：劉長灝

劇團副理：李彥祥

行政組長：廖惠如

藝術行政：陳香君、徐潔亞

行銷企劃：邱逸韻

行政會計：柯若涵

綠光劇團

從一九九三年成立至今，綠光不斷為了製作「好戲」而努力，這中間經歷了無數的考驗：觀眾口味的新鮮感、市場需求的變化、經濟環境的動盪、劇場人才的流動……每一樣對於製作一齣好戲都是嚴厲的挑戰，我們曾經束手無策、也曾經沮喪失落，但是咬著牙從來不願放棄。於是，在一次次尋找新方法、嘗試新創作的過程中，我們看到又一齣「好戲」被完成、我們看到觀眾用力鼓掌的激動情緒，我們看到密密麻麻寫滿感動心情的問卷，我們看到大家一次次再回到劇場欣賞綠光的演出，綠光劇團始終相信，在劇場中，是大家，成就了這充滿希望的「綠光」。

原創音樂劇系列

創團以來，以原創的中文歌舞劇作品啟動了台灣劇場對歌舞劇的重視及製作熱潮。十多年來，上班族的故事《領帶與高跟鞋》寫下了演出場數最多、至今仍演出不輟的紀錄，更獲邀到北京、紐約等地演出；改編自元雜劇的《都是當兵惹的禍》將傳統戲曲與現代劇場藝術巧妙結合，引起國內外廣泛討論與迴響；將族群融合問題，以輕鬆幽默的《結婚？結昏！：辦桌》的必經人生經驗表達，不僅同時獲得票房與

藝術成就的肯定，還獲得金曲獎的三項提名。向經典學習的
《月亮在我家》《女人要愛不要懂》，綠光以不同類型的音
樂劇創作一再挑戰自我，也爲國內音樂劇界提出最優質與多
變的音樂劇劇目。

國民戲劇系列

　　引燃國內音樂劇熱潮後，綠光將創作觸角回歸戲劇的本
質，二○○一年創意大師吳念眞加入綠光的行列，《人間條
件》系列作品至今已經上演超過近兩百個場次，每推出就會
造成搶票熱潮。吳念眞用最平實的方式、最親近的語言，交
錯著自身的生命記憶與最眞實的情感，述說市井小民們的愛
恨情仇，觸動你我心底最深的感動，其深刻動人的劇本架構
貼近一般國民眞實的生活，其生活化的導演手法感動著普羅
大眾，成功吸引許多從未觀賞過舞台劇的人走進劇場，因而
被定位爲國民戲劇。二○一一年《人間條件》系列創紀錄連
演，挑戰一個月馬拉松式的演出，掀起另外一波人間狂潮。

世界劇場及台灣文學劇場系列

二〇〇三年綠光劇團推出《世界劇場》系列，每年引進當代世界劇壇的創意新作，不乏許多東尼獎、普立茲獎得獎作品，讓專業演員可以有好作品發揮所長，讓國內觀眾不必出國，也可以看到國際間精采的劇作。至今已經推出十部作品，我們看到了觀眾對好劇本的渴求；在一次次學院教授、國內劇作家們的好評下，我們看到將觸角延伸出去的必要性。二〇一〇年的《台灣文學劇場》系列，希望透過舞台劇的形式，跟大家分享台灣這塊土地生活經驗的情感與感動，也讓大家重新認識台灣這些優秀的文學家。

表演學堂

除了演出之外，綠光也致力於戲劇推廣工程。開創「表演學堂」規畫設計戲劇訓練課程給一般大眾，同時落實演員培訓，提供「表演學堂」優秀結業學員實際參與劇場的演出機會。更同步持續走進校園，以有趣的戲劇呈現方式拉近學生與表演藝術的距離，接觸藝術、享受藝術，培養新一代觀眾走進劇場。

圓神出版事業機構   圓神出版社
The Eurasian Publishing Group   Eeurasian Press
用心與你對話・視野無限寬廣

http://www.booklife.com.tw   reader@mail.eurasian.com.tw

圓神文叢 151

人間條件5 —— 男性本是漂泊心情

作　　　者／吳念真、綠光劇團

劇照攝影／蔡育豪

發 行 人／簡志忠

出 版 者／圓神出版社有限公司

地　　　址／台北市南京東路四段50號6樓之1

電　　　話／(02) 2579-6600・2579-8800・2570-3939

傳　　　真／(02) 2579-0338・2577-3220・2570-3636

郵撥帳號／ 18598712　圓神出版社有限公司

總 編 輯／陳秋月

主　　　編／林慈敏

責任編輯／沈蕙婷

美術編輯／李家宜

行銷企畫／吳幸芳・凃姿宇

印務統籌／林永潔

監　　　印／高榮祥

校　　　對／林慈敏・沈蕙婷

排　　　版／杜易蓉

經 銷 商／叩應股份有限公司

法律顧問／圓神出版事業機構法律顧問　蕭雄淋律師

印　　　刷／國碩印前科技股份有限公司

2013年11月　初版

2021年7月　　7刷

定價 599 元　　　ISBN 978-986-133-476-9

每一本書，都是有靈魂的。

這個靈魂，不但是作者的靈魂，

也是曾經讀過這本書，與它一起生活、一起夢想的人留下來的靈魂。

—— 《風之影》

想擁有圓神、方智、先覺、究竟、如何、寂寞的閱讀魔力：

☐ 請至鄰近各大書店洽詢選購。

☐ 圓神書活網，24小時訂購服務

　　免費加入會員・享有優惠折扣：www.booklife.com.tw

☐ 郵政劃撥訂購：

　　服務專線：02-25798800　讀者服務部

　　郵撥帳號及戶名：18598712　圓神出版社有限公司

國家圖書館出版品預行編目資料

人間條件5, 男性本是漂泊心情 / 吳念眞 編劇.導演.
-- 初版. -- 臺北市：圓神，2013.11
160面；14.8×20.8公分. -- （圓神文叢；151）

ISBN 978-986-133-476-9（平裝，附光碟片）

854.6　　　　　　　　　　　　102019235